천년의 시 0062

슬픔계량사전

천년의시 0062

슬픔계량사전

1판 1쇄 펴낸날 2016년 9월 19일
지은이 김수목
펴낸이 이재무
책임편집 김연필
디자인 이영은
펴낸곳 (주)천년의시작
등록번호 제301-2012-033호
등록일자 2006년 1월 10일
주소 (04618) 서울시 중구 동호로27길 30, 413호(묵정동, 대학문화원)
전화 02-723-8668
팩스 02-723-8630
홈페이지 www.poempoem.com
이메일 poemsijak@hanmail.net

ⓒ김수목, 2016, printed in Seoul, Korea

ISBN 978-89-6021-289-3 04810
     978-89-6021-105-6 04810(세트)

값 9,000원

슬픔 계량 사전

김 수 목 시 집

천년의
시 작

길이 없는 것처럼 보였다.
잠시 망설였다.
누군가의 손가락이 어딘가를 가리켰다.
손가락이 가리키는 곳으로 끝없이 걸었다.
걸으면서 내내 생각했다.
여기가 세상의 어디쯤일까?

차 례

시인의 말

제1부

경어를 쓰고 싶은 아침 ——— 13

인어공주는 서서히 입을 열었다 ——— 14

파우치를 뒤집다 ——— 16

안부를 묻습니다 ——— 18

책과 잠 ——— 20

어느 하루 ——— 22

난독이라는 그 ——— 24

아픔은 어디에나 있다 ——— 25

폭설의 이유 ——— 26

너와 나의 이름 ——— 28

망각 ——— 30

살아 있는 동안 ——— 32

오늘은 긴 날이에요 ——— 34

전언 ——— 35

내가 해야 할 일들 ——— 36

11월의 일기 ——— 38

동행 ——— 40

비행거미 ——— 42

제2부

45 ──── 초콜릿의 역사

46 ──── 섯다운

48 ──── 예언

50 ──── 젊

52 ──── 연애가 필요합니다

54 ──── 침묵의 선택

56 ──── 내가 서 있는 자리

57 ──── 나날들

58 ──── 두려움

60 ──── 풍경

61 ──── 그때

62 ──── 오늘 같은 밤

64 ──── 게으른 가을

65 ──── 찬바람 쐬지 말고

66 ──── 고가도로

68 ──── 저녁이라는 말

70 ──── 봄에 당도한 소식

71 ──── 하고, 또 중고, 그리고 상고리

72 ──── 뜨내기

제3부

어제와 오늘 사이 ─── 75

저물어야 비로소 ─── 76

전해질 이별 ─── 78

나의 멍 ─── 80

그도 그럴 것이 ─── 81

검은 비닐봉지 ─── 82

슬픔계량사전 ─── 84

무책임한 해안의 아침 ─── 85

어느 날 ─── 86

범박한 오후 ─── 88

마르는 시절 ─── 89

층간 소음 ─── 90

경계 ─── 92

한 문장의 서사 ─── 93

두레박 소리 ─── 94

순간 ─── 95

봄꽃들 ─── 96

가을이다 ─── 97

화진포 ─── 98

해설

99 ——————— 위악僞惡, 게으름, 사랑의 하모니 권 온

제1부

경어를 쓰고 싶은 아침

사소한 일이란 게 없지요
이부자리에서 몸을 일으키는 일도 실로 위대한 일이지요
오른손을 짚고 서서히 일어나거나
두 발에 동시에 힘을 주고 발딱 일어서는 일도 예삿일은
아니지요
칫솔을 물고 눈을 감을까 아니면
불멸의 얼굴을 마주쳐야 할지 고민하는 것도 놀라운 일
이지요
밥을 먼저 먹을까 콩나물국을 먹을까 생각하는 일도
번민에 속하는 거지요
밥상에 둘러붙은 밥풀때기를 손으로 뗄까 휴지로 뗄까
망설이는 것도 쉬운 일이 아니지요
현관 앞에 흩어진 신발 중에서
오늘을 실어 나를 신발을 고르는 건 경이로운 일이지요
모든 사물들에게 경어를 쓰고 싶어요
목례로 끝낼 일이 아니지요
큰절이라도 올리고 싶은 청순한 아침이네요

인어공주는 서서히 입을 열었다

해질 무렵이면 피라미들이 몸을 뒤채였다
피라미가 보여준 것은 꼬리 부분이었지만
피라미가 물 밖으로 튀어나올 때마다 파문이 일었다
무수한 동심원이 냇물을 술렁이게 했다

지문이 닳아 지문 찍기를 포기한 사람이 있다
아무리 찍어 봐도 오른손 엄지의 지문이 안 나와요
뻘겋게 손가락에 인주를 묻힌 채
남들과 다르게 왼쪽 엄지손가락을 치켜든 그는 웃는다

세찬 빗줄기가 쏟아진다
마음이 서로 닮기를 기다려 한마음이 되듯
기다리는 빗물이 고여 있는 곳마다
동심원이 생겨나고 있다
파문의 어깨가 서로 닿을 수 있을 때까지

인어공주처럼 물거품이 될 거예요
인어공주는 왕자님을 잊을 거예요
인어공주는 수많은 물거품을 거느리고 있을 거다
겹친 듯 겹쳐진 물거품들은 파문이 생기기도 전에 사라

질 것이다

잊어버릴 거예요
피라미가 그랬던 것처럼
빗물이 그런 것처럼
지문이 닳아 없어진 것처럼

파우치를 뒤집다

고동색 책상 위
색상표의 모든 색깔들과
세상의 모든 기하학적 무늬로 된 파우치 하나
그건
필경 속의 것들이 나와서 요란을 떠는 것

여기까지 쓴 순간
문자의 떨림이 전해진다
너무 아파요

2호선 전철 강남행은 강남의 전부가
안에서 혼돈되어지는 것

해외 토픽은 베트남의 한 동굴을 소개하고 있다
지구 안에 또 하나의 지구가 있는 것이라고?
산과 호수와 태초부터 있던 모든 것들
하늘을 볼 수 있는 수직 동굴이라 가능했던 게지

아가리를 벌린 파우치는 또 다른 질서
뫼비우스 띠는 길다

파우치를 뒤집는다
파우치 안에 파우치가 있고 또 파우치가 있고
그래서

문자는 더 이상 오지 않는다
아직도 아플 것이다

안부를 묻습니다

유령거미가 독사를 죽이는 다큐 사진이 배경화면입니다
뱀은 거미줄에 매달려 있었습니다

이곳과 대척인 그곳의 안부가 궁금합니다
이곳의 안부는 전혀 아니올시다

진창의 발밑보다 더 아래의
슬픔을 보고 싶은 것입니다

발파라이소라고 힘겹게 발음해 보는 그곳이
그대가 있다는 이유로 바로 내 곁에 있습니다

날짜변경선을 넘어본 적이 없습니다
그러고 보니 적도 아래로도 넘어가 본 적도 없습니다

눈물이 흐를 정도의 슬픔도 다가온 적이 없습니다
슬픈 감정을 감정해 봅니다

우리는 혼자가 아니라서 무조건 좋았습니다
공원 벤치에 누워 시체놀이를 하는 것조차 좋았습니다

슬픔의 허구에 대하여 인정합니다
그리고 그대의 부존도 이해합니다

안부가 궁금한 건 슬픔의 시작입니다
그럼 이만 총총

책과 잠

도서관에서 잠드는 건 내 삶의 이력인지라
언제 끼어들었는지도 모를
잠의 결에서 허적이는 나를 볼 때면
도서관은 낮잠의 또 다른 이름일 거야

아니지 관능의 다른 처소일지도 몰라
에페소의 셀수스 도서관에
유곽으로 통하는 지하통로가 있었다면
그것도 같은 뜻이잖아

몽매한 눈을 다시 떠서
읽던 책을 들여다본들
지식 하나 더 두껍게 얹어가는 의미 이상
더 뭐가 있겠어?

다시 현실로 돌아와
책과 잠 사이
그냥 희미한 소리들과 미세한 호흡들과
팔랑거리는 책장, 책장들

유난히 부스럭거리는 가을을 노려보며
잠의 노여움을 잠시 달래는
구겨진 서가 끝,
형광 불빛만 요란하다

어느 하루

폭설이 온다고
때 아닌 경칩 폭설이라고
일제히 지상의 것들은 떠들어댔지만
폭설, 그 이상의 것은 아니었다
사람들은 더 움츠렸고
조심스럽게 발을 내딛고 보폭을 좁혔다
어설픈 농가의 지상 시설물만
눈뭉치에 못 이겨 주저앉고
먼 산의 짐승들만 인가를 어슬렁거렸을 뿐이었다
폭의 난폭함을 실감하라는 듯
폭설은 쉴 새 없이 북에서 남으로, 서에서 동으로 몰아쳐
댔다
폭의 절박함에
잠시 이게 전부일까 의아했고 그 배후가 의심스럽기도 했다
그러나 그것도 순간이었으므로 금세 잊혀졌다
폭설이 내리는 동안
긴장한 전깃줄만 내내 팽팽했다
전깃줄에 앉을 수도 없게 눈이 쌓이자
새들은 나뭇가지를 처마 삼아
하릴없이 하늘을 쳐다보곤 했다

언제 끝날지 알 수 없었던
폭폭한 눈보라는 하루도 못 가 사라져주었고
지상의 것들에게 영원한 것은 없다는 듯
벌써 기억에서 달아난 하루였다

난독이라는 그

내가 책을 읽는 것은 낯선 골목을 헤매는 것과 같았다
문장은 담벼락이 되고
해석은 늘 발밑에서 쿨렁거리는 보도블록이 되었다
걷는 일보다 주변의 것들에 눈을 돌려야 하는 책 속의 세상
자꾸만 눈은 책 밖으로 뛰쳐나가려 하고
귀는 세상으로만 열려 있었다
막다른 골목 같은 책 하나를 읽어 넘기면
꿈처럼 그가 다가왔다
또 다른 허기와 궁핍을 품고 사는 난독이라는 그

아픔은 어디에나 있다

마을버스를 탔다가 팔걸이에 엉덩이를 찍혔다
많은 승객들 탓에 비명은 입속에서 사라졌지만
얼굴은 온통 헝클어졌으며
열 손가락은 절로 바빈스키반사처럼 펴졌다

발가락은 수시로 어딘가를 받아쳤다
탁자 다리나 문 모서리, 문턱까지 넘보았다
영역을 침범하지 말라는 경고를 무시한 벌이다

깨진 발톱에 걸린 양말의 실밥을 뜯어내지 못해
한 발로 서서 한참을 겅중거렸다
양말을 신지도 벗지도 못한 어정쩡한 채로

고통을 말하자니 아픔이 다가왔다
통증 의학으로도 해결되지 못한 극심한 아픔이
나에게 당도하지 않았다는 이유로
얼척도 없는 고통에만 매달려 있었다

귀 떨어진 서랍을 억지로 밀어 넣는
나의 통증은 거기서부터 시작이다

폭설의 이유

눈이 내린다

물러설 틈도 없이 내리는 눈에 가을은 소리 없는 비명을 질러댔다 행인들은 둘의 싸움에 관심 없다는 듯 외투 깊숙이 목을 집어넣고 눈만 뻐끔거리며 종종걸음을 치며 거리를 지나쳤다 떠나는 가을쯤은 신경 쓸 일도 아니라는 듯 비애 같은 눈은 내리고 또 내렸다

눈은 세상을 다 덮을 기세로 내린다

오지랖 넓은 아이의 주머니 속이라도 된 듯

저렇게 퍼붓는 눈의 정체는 무엇일까

서둘러 내리는 폼을 보니 맨날 지각이나 해대는 아이이거나, 뭘 잊고 안 가져와 다시 집으로 달음질치는 아이이겠지 그 어느 쪽이라도 오늘 같은 날은 다 용서될 수 있겠지

눈이 쏟아진다

허공에서는 난분분 난분분 흩날리다가도 땅에 가까워지면 아무렇지도 않게 입을 앙다물고 가볍게 착지하는 자세란……

마치 땅에 닿기 위해 내렸던 것처럼

눈 내리는 거리에 선다

눈이 내린 곳은 어디나 설원이다 설원의 어디건 끝 간 데
는 있겠지만 설원에서의 끝은 아무 의미가 되지 못한다 다만
눈 위에 눈이 내리고 쌓여 덮을 뿐 상처도 덮고 덮어 용서라
는 이름의 설원만 남을 뿐

너와 나의 이름

식물학자는 아까시나무가 맞는 말이라 했지만 나에게는 아카시아가 분명 맞는 말이지요

"아까시"라고 부르면 급하게 닫힌 입술 사이로 꽃향기가 들어갈 틈이 없어요. 하지만 "아카시아" 하고 불러주면 벌어진 입술 사이로 무한정으로 꽃향기가 넘어와요 덤으로 방정맞게도 찔레꽃의 향기까지

그러니까 그게 바로 재스민 향이 어지럽던 국경 이민국에서였지요 그녀는 'YOUNGMI'였고, 나는 'YOUNGIM'인데 마지막 두 철자가 뒤바뀐 우리를 입국시켜 주지 않았어요 한참의 실랑이 끝에 아버지의 이름을 쓰라고 했어요 평생 영문 이름을 갖지 못했던 아버지의 이름을 낑낑대며 그려냈지요

그리운 아버지

여덟 번째에도 딸이 나오자 아버지는 막임이라고 이름지어주었어요 이제 마지막이라고, 더 이상은 없다고요 다행히 끝이었어요

국어 선생님이 출석을 부르다 물었대요 배울 만큼 배우신 분이 이름을 이렇게 짓다니, 라는 말에 우리 집 막내는 그제야 조금은 덜 촌스러운 이름을 갖게 되었지요

내가

맨 처음으로 이름을 가졌던 아담이라면

모든 짐승들에게는 숫자를 붙일 거예요 일만 사천오백구십구 번쯤에는 코끼리가 있을 거예요 모든 식물에게는 이진법의 숫자를 붙여보지요 0100 1001 0010 0000은 물박달나무라고 하지요

그리고 그 외의 모든 사물에게는 모두 너라고 명명할 거예요

너, 너, 너, 무수한 숫자와 그 사이의 너, 그리고 나

망각

잊어간다는 건
사막의 사막이라는 고비를
하염없이 양관고성에서 바라보는 일이지요

백양나무의 메마른 육질이 서툴게 몸피를 줄이는 것이나
누군가 저 멀리서 신기루처럼 나타나기를,
아물거리다가 결국은 사라져버리는 것을 기다리는 것도
양관고성에서나 가능한 일이지요

기다린 건 나만이 아니었다는 걸
누란의 미라 공주를 보고 알게 되었지요
박물관의 유리관 안에서 그녀는
나처럼 왼쪽 눈을 찡그리고 있었거든요
속눈썹에 말라붙은 눈물이 수천 년이 지난 지금에도
반짝거릴 정도면 말 다한 거지요

몇 년 동안 비 한 방울 내리지 않는 고비에서
모래 틈새로 몸을 밀어 넣고 사라지는 도마뱀은
비를 잊고 살아가는 거지요
모래에 맺힌 이슬을 핥아

새벽녘에야 겨우 입술에 물을 바르는
기억만으로
한낮의 열기를 견디겠지요

잊어간다는 건
육탈한 석류의 껍질을 만지는 일이지요
까맣게 쪼글쪼글해져 도무지 알 수 없고
석류나무에 붙어 있어 석류라는 이름으로만 남은
그를

살아 있는 동안

독재자가 다스리는 나라가 아니라서 좋다
독재는 마음속에서나 가능한 일이지

가고 싶어 하는 발을 붙잡는다
나는 간다
내가 그러고 싶어서 그러는 거다
나의 독재다

가을에도 민들레는 꽃을 피운다
보도블록 틈새로 얼굴을 내밀고
계절을 잊은 듯 민들레는 꿋꿋하게 씨앗을 날린다

부정 어투를 쓰지 말라는 너의 충고도 잊지 않을게
어슬렁거리지 않고 방향과 목표를 정할게
맥 빠진 문장에 문장부호도 넣을게

낯선 동네의 슈퍼 앞에 놓인
간이 의자에 한참을 앉아 있다
머무르는 것도 지나치는 것들도 모두 낯설다

살아 있다는 게 가장 좋았다고 말할 수 있어 좋다
살아 있는 걸 확인하는 순간이다

오늘은 긴 날이에요

방 안의 공기는 방 안의 자세를 용서해요
세발가락나무늘보보다 더 늘어져 있는 나도 용서해줘요
유칼리나무 책장의 변함없는 직립도 기꺼이 받아드리지요
들쑥날쑥 책의 크기는 물론이고요 깜박이다 서서히 빛을 잃
어가는 전등의 필라멘트도 다 묵인하지요

앉기만 하면 빙글 도는 회전의자를 가까스로 정지시켜요
모니터의 카르멘은 아직도 접시 춤을 추지요
나는 이 생을 능숙하게 살아낼 자신이 없다는 말만 동영상
의 버퍼링처럼 반복해요

어제도 의자에 앉아 책상에 발을 얹고 몇 시간을 버텼어요
카르멘은 고음에서 흔들렸지요
발은 시렸고 발등은 무심했지요
오늘은 한 발은 접고 한 발만 얹지요 돌아가던 의자의 팔
걸이가 책상 모서리에 걸려요 의자는 더 이상 돌지 못한 채
새벽이 지나요

내일은 그냥 잘 자요

전언

깜빡 눈이 떠졌는데 밝은 바깥에 동트는지 의아했습니다 아직 덜 깬 잠이, 잡아 둔 약속이, 아침이 늦게 오기를 빌었습니다 덜컹거리는 문을 열고 나가니 달빛 교교한 마당이 보였습니다 달빛이 엄습했습니다 달빛 아래 모두들 가라앉아 있었습니다 사방이 적막입니다 이때는 풀벌레도 소리를 죽이는 배려가 있었습니다 적막 너머에는 정수리를 치고 가는 전언이 있었습니다 부디 그대로 두라는 당신의 전언이었습니다

내가 해야 할 일들

한 사내를
여기에서 보스포루스까지,
이곳에서 포가라까지 따라가보는 거,

사막을 굴러다니는 낯선 포아풀 더미가
머릿속 구석에서 구석으로 굴러다니게 하는 일,

도토리가 무작정 낙하하는
입산통제구역을 걷는 일,

시간을 다 탕진한
돌아온 탕자가 되는 거,

침통과 우울을 번갈아 씌우는
사채업자의 낯빛이 되는 일,

그럴 만한 이유가 다 있을 거라고
그래서 사는 거라며 목 놓아 악 써보는 거,

한 사내의 연보에

슬쩍 내 이력을 끼워 넣는 일,

더 이상 갈 곳 없는 위태로움에
한나절이라도 늦추어 태양이 더디 뜨게 만들고
유약에서 위악까지 세상을 넓히는 일,

11월의 일기

　희미한 바깥 공기의 기미를 살핀다 갑자기 추워진다는 예보는 믿지 말아야 한다 해야 할 일과 할 일들이 엉킨 하루는 바깥의 날이다 한데가 얼마나 외로운 일인 줄 아니? 외기의 분위기를 살피며 실내복을 여민다 바람이 불고 구름이 가리고 얼핏 기다리던 날은 아닐지라도 하루 낮의 일기는 그렇게 꾸물대다 갈 것이다

　아직 뚜렷한 바깥의 기미는 보이지 않는다 기미는 느끼는 거지만 안에서의 바깥은 보는 것이다 웅크린 행인도, 햇살 받아 반짝거리는 서릿발도 모조리 보아야 알아채는 것이다 하늘에 빗금 긋고 날아가는 철새도 숨을 죽인다

　만두 찜통 밖으로 김이 쌕쌕거린다 뭉게뭉게 구름처럼 피어올랐다가 무료한 듯 사방으로 스며든다 행인의 입 밖으로 김이 새어 나온다 숨을 쉬지 않으면 김이 새지 않을까 만두찜통을 일별하고 총총 지나간다

　뚜껑을 닫듯 자라 복장의 사내가 얼굴을 집어넣는다 모조의 자라 머리와 자라 복장, 얼굴을 잃은 사내는 손만 자신의 것으로 나타나 있다 손만 나온 자라는 목을 잔뜩 움츠린 채

주위를 살핀다

　얼마나 추운지 그려달라고 했다
　선으로만 표시할까 하다가 여백은 더 추운 거라고 했다

동행

〈삶이 그대를 속일지라도〉
미장원 거울 위에 걸린 글귀 하나 때문에 속고 속았지

한순간도 가만 두지 않는 시간이
마지막 잎새를 떨어뜨렸지

다시 돌아간다는 것은
흙에게 온 생을 맡기는 서러운 순간이라는 거

모든 나뭇잎의 운명도 여전히 같은 생각으로
말없이 한 곳으로 돌아가지

칠 벗겨진 나무 의자에 사뿐히 내려앉아
더 갈 곳 없는 한 잎의 흔들림

여행을 다녀왔다면 반드시 증거라도 남기듯이
풍토병 하나쯤은 몸에 담고 와야지

너에게 다가갔다면
팔뚝에 긁은 타투 정도는 남겨 왔어야지

어디에서나 서로에게 흔적을 남기려는 것들은
항상 우리 곁에 있지

비행거미

저녁 들판을 걷다 보면 수시로 각시꽃게거미의 거미줄이 얼굴을 감는다 태어나 가장 진지한 자세로 바람의 방향과 날씨를 가늠하면서 각시꽃게거미가 하늘에 없는 길을 만드는 중이다

유사비행이다

시공을 헤매는 것은 저나 나나 마찬가지겠지만 날개도 없이 날아가는 것들이 무슨 길을 만든다고 버틸 가구도 없이 기댈 벽도 없이 편의점 야간 아르바이트는 그래도 견딜 만하다고 했다 시급 육천 원이라고, 최저 시급보다는 높다고, 가는 허리를 가진 그녀는 웃었다 그녀는 살아낼 길을 만드는 중이었다

웃는 사이 유통기한이 지난 불고기 삼각김밥이 입 밖으로 삐죽이 튀어 나왔다

제2부

초콜릿의 역사

　당국자는 초콜릿의 진실을 알고 있었다 하지만 입을 다물었다 바람이 불고 비가 오는 일상이라고 했다 모르는 게 모두에게 이득이 될 거라고 말미에 독백처럼 짧게 말했다 공교롭게도 그 말을 하는 사이에 마이크가 꺼지고 미처 다물지 못한 입술 사이로 진실이 터져 나왔다 바로 앞에 있던 사람들은 다 들었다 저게 초콜릿의 진실일 거라고 생각했다 하지만 초콜릿의 진실은 대충 외면해 버리는 게 상책이라고 그게 더욱 진실하게 사는 일이라고 했다

　겨울을 지나 한여름에 땅속 깊이 묻어둔 묵은지 꺼내듯 먼 훗날 역사학자들이 말했다
　그 실상은 이렇지요
　그러면 끝나는 게 초콜릿의 역사였다

셧다운

물고기가 지독히도 죽지 않았다
지난 여름 물놀이에서 잡아온 피라미 한 마리였다
물에 담가만 두고 관심도 없이 버려두었는데
한겨울 속에서도 살아 있다

잊고 싶어서 잊은 게 아니야, 잃기 싫었을 뿐이야
쓸데없는 말장난은 그만두라고 하고 싶었지만
어디서 들었던가 읽었던가 헷갈리고 있었다
닫힌 입술이 더 이상 열려고 하지 않을 것을
알고 있다는 게 싫었다

손바닥 안의 TV를 본다
범죄자와 쫓는 자, 범죄자를 사랑한 여자
모두 한통속이라는 생각에 TV를 껐다
들은 말도, 읽은 말도 아닌 것이
손바닥을 간질였다

네가 접근해온 건 입술이 닫는 순간을 기록하고자 하는 것
물고기의 입술이 뻐끔거리는 지점만을 기록하는 것

나도 모르게 손바닥으로 입을 가린다

셧다운

예언

    사람이 죽는 순간 순간적으로 살짝 몸무게가 줄어든다는 보고서를 읽은 적이 있다 보고서는 영과 혼이 몸을 빠져 나갔기 때문이라고 결론을 내렸지만

    누군가 죽은 사람의 혼이 코로 빠져나가는 걸 본 적이 있다고 했다

    혼이 빠져나갈 수 있는 코가 그럼 창문이 되는 걸까
    창문이 그리 쉽게 어디서나 열리나
    코와 입과 눈과 귀가 다 통해 있으니 코가 창문이라면 혼은 갑자기 길을 잃어버릴지도 모른다 차라리 몸속에 주저앉아 환생하고 싶어 할지도 모른다는 생각도 들었다

    코가 꽉 막힌 감기증세의 나날이 계속되고 목젖이 부어올라 목구멍을 막는 날에 겨우 일으킨 몸 대신의 생각이다

    과학자의 말을 신의 말씀보다 신봉하게 되었다는 예언가의 말을 믿는다

    한때는 가난한 연인의 흉내를 내기도 했지

발이 부르트도록 걸었고 공동묘지 사이에 나란히 누워
흐린 눈빛으로 서로의 코의 위치를 확인하기도 했지
부질없는 짓이었지만 신의 예언보다 확실한 건 사랑이었다

겱

겱쯤은 이름을 잃고 헤매는 염낭거미쯤이거니 생각하다가
도 문득 떠오르는 건 잔잔한 지면 위로 낱말이 튀어 오르는
찰나쯤이라고 믿고 싶어

눈에 보이는 모든 것들이 진리처럼 느껴지던 스물 즈음에
잠시 기적처럼 겱이라고 손등에 새기던 육각의 눈송이가 녹
아드는 것과 같은 것이었으리라고

겱을 어떻게 발화하여야 하나 겨울을 뜻하는 경상도 방언
이라는 어학사전은 진리일까 경상도의 어느 산골쯤에 묻혀
사는 아재라도 불러내어 발설하라고 족쳐야 하나

누군가 겱은 행적이 미심쩍은 투사라고 한다면 겨울과 헤
어지지 못한 남쪽에서 마지못해 해후한 촌로의 흙 묻은 바짓
가랑이일 거야

한날한시에 태어나 서로 잊고 살던 바람이 종로 한 귀퉁이
에서 못 이긴 척 만난다면 슬며시 손잡는 것도 같은 이유이지

겨울 입구에도 도달하지 못해 아직도 푸른 늦가을 풀의 기

세에 눌려 당당하고 뻔뻔해지기 위해 서둘러 잎 떨궈 버린 자
귀나무처럼

연애가 필요합니다

앉지도 못합니다

서지도 못합니다

눕는 데는 더 힘이 듭니다

모든 감각기관들은 엉덩이 위에 부서진 몇 개의 뼛조각을
향합니다

밥을 먹으려면 꼬리뼈의 안부부터 물어야 합니다

바흐를 듣는 귀도 눈치를 봅니다

가장 멀리 있어 전혀 상관없을 것 같은 머리조차 걱정합
니다

안녕들 하신 거냐고?

엄지발톱은 자신까지 빠질 것 같다며 엄살 부려옵니다

꼬리가 필요합니다

퇴화기관이 아닌 당당한 꼬리가 있어야 합니다

좋아하는 사람에게는 살랑거리며 다가갑니다

권력 앞에서는 요망스럽게 흔들어 보입니다

앉을 때를 위한 꼬리전용의자가 베스트셀러가 됩니다

당당한 꼬리를 가진 사람들에게는 연애가 필요합니다

숨기고 싶은 마음과는 달리

사부작사부작 꼬리치고 있을 테니까요

침묵의 선택

OX 게임을 하면 늘 경계선 근처에서 얼쩡거렸어요 카운트다운이 시작되면 가랑이 사이에 선을 넣고 어느 쪽으로 갈까 궁리했어요 결국 많은 사람들 편에 섰다가 낭패를 본 적이 많았지만요

내 사랑은 내가 한 번도 가본 적이 없는 적도에서 망설였어요 뜨거운 숯불이 정수리에서 이글거리는데도, 계란을 모로 세워 보지도 못하는데도, 어느 쪽으로도 가지 못했어요 남반구와 북반구의 모양을 지구의로만 기억해 내며, 그려둔 적도선을 벗어나지 못했지요

맨 앞자리였어요 줄서기를 할 때 운동화 속에 돌멩이를 넣고 꼼발까지 들었지만 그래도 맨 앞자리였어요 영어 선생님이 편하게 손을 뻗어 검지손가락으로 지명하기에 가장 좋은 자리, 거기에 늘 나는 앉아야 했어요

출석번호의 날짜가 다가오면 예습도 더 해야 했지요 날짜별로 질문하는 수학 선생님이 오늘은 날짜를 착각하기를, 오늘은 날짜가 아닌 다른 숫자를 기억해 내기를 간절히 빌었지요

첫눈 오는 날이 국경일이라는 나라에 꼭 가고 싶었어요 그 나라의 수도에 신호등이 없는 이유도 기계는 감정을 메마르게 하는 거라서 수신호로 교통 정리하는 곳이라서 더 가고 싶었어요 살고 싶다는 것도 아닌데, 가고 싶다는데

　마지막에 찍은 답은 항상 오답이었고
　종료 후에 고친 답은 틀렸으며 고치기 전의 답이 언제나 정답이었다는 것도 잘 알지요

　입을 열 수도 없습니다 그런데 전혀 닫아지지도 않네요
　얼마나 더 침묵해야 하나요
　침묵이 동의가 아니라는 걸 잘 알면서도 선뜻 부정하지는 못했지요

　올해처럼 중구난방으로 꽃들이 차례를 잊고 피는 봄날이면 더욱 난처하네요

내가 서 있는 자리

물고기 꼬리라는 마차푸차레 봉은 꼬리지느러미의 긴 그림자를 내 발밑에 던져주고 있었다 쪼그려 앉아서 만지고 싶었지만 만년설을 보고 있었다 거울을 보았던 것보다 더 오랜 시간 바라보고 있어야 했다 얼핏 내 얼굴이 얼비치는 것도 보였다 내가 딛고 서야 하는 것이기에 더 현실적이었다 아직은 해발 사천 미터,

삼천 미터쯤에서 달라붙었던 거머리는 오버 트라우저에 붙어 떨어지지 않았다 만년설은 내 방의 거울보다 더 선명하게 나를 보여주었다 내가 가진 거울은 나를 꼼꼼하게 스캔하고 있었지만 내가 필요할 때라야 다가갔다 하지만 만년설은 내가 꼼짝없이 마주봐야 하는 것이었다

구차스러웠다 내가 저토록 몰두해본 적이 있었는가 거울은 정복하기 위한 것이 아니라 깨지기 위한 것이었다고 이 순간 누가 말해도 믿을 것이었다 왼쪽으로 빙벽을 끼고 돌았다 발밑은 의외로 순순했지만 만년설은 요철 많은 볼록거울로 다가왔다 모든 것이 하얗게 보였다 가까운 곳도 분간할 수 없었다 손톱은 파랗게 질려갔다 열 손가락 끝은 모두 풍선처럼 부풀어 올랐다 두개골을 떠난 생각들은 자꾸만 뒤로 도망갔다 잡아라라, 잡아아……

나날들

하나씩 떼어내어 하루를 마감해주는 일력을 걸어두지요
오늘 하나를 가볍게 떼어내지요

두서는 없고 나열만 있는 나의 하루는
열서너 시간쯤은 자야 하지요
자는 순간은 구름 위를 걸어 다녔던 발바닥이 풀썩 땅에
떨어져
발자국을 남기는 시간이거든요

태생부터 나였던 나는,
내가 아닌 것처럼 어설픈 몸짓으로 내 일상을 끌고 가지요
걸린 것도 없는데 납작하게 넘어지고
곤란한 일이 생기면 엄지손가락부터 빨지요

태백에서는 에어컨 없는 여름이라는 친구의 말을 듣다가
졸아드는 연근조림의 안부는 미처 듣지 못해 까맣게 눌
었네요
환풍기 사이로 연근 타는 냄새 따라 태백으로 가요
여행객이 던진 황지연못의 동전 한 닢이 되어
나날은 서서히 삭아가요

두려움

진도 6.0은 처음이었다는 너는
현장에서의 자원봉사 요원처럼 침착했어
지진의 진동은 머리보다는 온몸에서 먼저 느끼니까
머리까지 흔들리기에는 시간이 걸렸겠지
흔들린 시간은 6초 동안이었다는데
한참이 지난 후에야
너는 그 순간은 영원이었다고 호들갑을 떨었어
액자 뒤에 숨어 있던 도마뱀들이
어쩐지 일제히 창가로 다가갔다고 했어
창백한 유리에 매달려 꼬리를 잘라버려도 나갈 수는 없었
다고 했어
그럴 리가 없는데 이상하다는 생각은 훨씬 후에야 들었다
고 했지
이상한 일들이 일상의 일보다 흔한 그곳이어서
지진운이 머리 위에서 꽃을 피워도
철없게도 아름답기만 했다고 했어
갈라진 아스팔트 사이의 어둠은
앙감발로 건너뛰기를 할 수 없는 거리라고 했어
틈 사이로 깊숙이 나처럼 두려움 하나쯤 숨기고 있는지
몰라

겨울이 되면 땅속으로 더 깊숙이
몸을 숨기는 개구리의 동면은
두려움을 견디기 위한 것이겠다
이른 봄날 동면 중인 개구리의 등짝을
호미로 찍어버렸던 기억이 생생하다던 너는,
개구리의 차가운 비명은 잊었다고 했지

계시처럼 네가 왔으면 좋겠어
당당하게

풍경

해가 혀를 불쑥 내밀었다 바람은 말랑거리며 관자놀이를
스쳤다 땅에 납작 엎드린 낙엽은 몸을 뒤척이며 몸을 말렸
다 햇살은 그들의 등짝을 후려갈겼다 잎맥들은 끈적한 미소
를 날렸다 신문지를 접어 얼굴 위에 그늘을 만든 사내는 해
솔 공원을 지나간다 톡톡 밤송이 벌어지는 소리로 멀어졌다

모두의 그림자가 짙어지기 시작한다 해는 조각배처럼 떠
오른다 둥둥 건물은 유리창마다 난반사다 무수한 방울들이
순식간에 피어난다 쳐다볼 수도 없는 해가 입을 다문다 바람
은 부비강까지 들이닥칠 기세다 이번에는 태양모를 쓰고 복
면의 아낙이 두 팔을 힘차게 저으며 간다

새털구름이 피어나려 한다 햇살은 입에 가득 물을 품었다
가 품어내는 물 조각처럼 쏟아진다 산비둘기가 활강을 한다
허공에 직선 하나 그어내며 건물 숲 사이로 사라진다 쏟아지
는 햇살 아래서 두 아이가 셔틀콕을 엇박자로 친다 한 아이는
서 있고 한 아이는 뛰어다닌다 타악, 탁 리듬까지 어긋난 배
드민턴은 끝이 없다

그때

정성껏 자를 대고 그렸지만 건반의 크기는 모두 달랐다
스케치북을 찢어 만든 종이 건반은 음악을 몰랐다
음표와 음정의 음은 다 이방인의 것이었다
소리 나지 않는 피아노 건반을 두드렸다
피아노 앞에 처음 앉은 실기 시험에
손가락 끝이 건반에 찢겼다
흰 사기 건반 위에 붉은 피가 흘렀다

기타를 배우면서 손가락 끝에 피가 맺혀야
배움이 끝난다는 신념 하나로 살던 때가 있었다
연탄광을 지나 바닥에 놓인 세숫대야를 뒤엎으면서
줄행랑을 치던 쥐들에게 손을 내밀어야 했던 시절도
거기 있었다
온통 시커멓고 가루로 된 게 세상의 전부라고 했다
증거로는 시멘트 바닥의 발자국이었다

사이프러스 나무에 앵무새 네 마리가 고개를 처박고 있다
가끔씩 사이프러스 열매 껍질이 우두둑 떨어진다
생각이 넘쳐 깨질 만하면
열매 껍질이 부스러져 내린다

오늘 같은 밤

서울이라는 별이 거느린 수많은 위성 중의 하나,
하남성의 밤은 적적하기만 해

어항 속의 구피들도 조용해
한 번도 그들은 어항 속을 나온 적도,
소리조차도 새어 나온 적이 없지

뒤척이는 침대 속의 어둠이
스프링을 튕겨 밤새 점핑, 점핑, 점핑
매트의 내피가 온전할 리 없지
그냥 함께 웃고 살아갈 뿐이지

삼십 년 넘어 살아낸 장농도 등 돌리지 않고도
잘못 날아온 숟가락에 맞아 생긴
흠집 감출 만한 어스름이었어

코르크 마개를 으깨어가며 겨우 딴 포도주를
뾰족 바닥의 잔에 홀짝거리다
눈물까지 섞어 마시기에 그만인 아스라한 어둠이었어

원시의 한 사내가
자신의 가슴에 오목새김으로 금을 긋듯
흙 그릇 위에 밤을 새워 빗금긋기 딱 좋은
그만큼의 허용이 있을 뿐이었지

게으른 가을

밖은 무더운데
서늘한 바람은 창을 넘어와
내가 바란 건
따스한 햇살 한 줌인데
손바닥에는 바람만 가득해
낮잠을 자는 고양이를 툭 건드려봐
문 좀 닫아줘
쿨렁 뱃가죽만 들어갔다 나올 뿐
나만큼 무력해
일어서는 건 싫고
닫는 건 더욱 싫고
게으름이 나를 먹여 살리지
게으름 때문에 한 송이 쑥부쟁이꽃이 피었고
게으른 소 울음 때문에
송아지는 태어났지
게으른 보리는 더디 자라
햇수로는 두 해를 자라야
햇보리가 되지
게으른 가을이 그래서 가나 봐

찬바람 쐬지 말고

찬바람 쐬지 말고 피로를 피하세요
내과 의사의 충고가 먹힐 듯한 날씨
직박구리의 찍찍거리는 소리가 겹쳤다
노숙자 차림의 남자가 나무 의자에 누워 잠을 청한다
몇 분째 그 자세다
하얀 수피의 자작나무는 이 도시에 와서
색깔을 얻었다 까맣게 먼지 낀 몸이 주루룩 흘러내리는
이끼들이 자작나무 됨을 잊게 해주었다
잊을 만하면 유모차를 밀고 젊은 여자가 지나간다
유모차의 차광막은 빨간색이다
자꾸만 개미들이 발밑에서 꼬물거린다
분명 금연구역인데도 어디선가 폴폴 냄새가 날아온다
등나무의 마른 가지들이 고통스럽게 흩어져 있다
철골 건조물 위에 잡을 수 없는 허공을 더듬고 있다
전지된 쥐똥나무 위로 삐죽이 올라온 건 망촛대다
한 해 동안 나서 자라고 죽어가야 하는
한해살이들의 서두름을 이해하자고 말한다
나뭇가지에 붙어 있을 힘도 없이
마른 등나무 잎들이 사르르 떨어진다

고가도로

눈으로도 잡을 수 없는 속도감은 죽여주는 거지
스침의 순간들
소리조차 뭉뚱그려 쌩하니 흘러가버리면 그만
그 사이에 정적이 숨 쉬다 가고
맹렬하게 다가오는 불안감
러시안룰렛 게임에서 리볼버의 실린더를 돌리다 소리치듯
멈춰, 멈춰
고가도로 아래로
내려갔다가 지갑을 잃어버렸어
평소보다 많은 현금과 신용카드, 보안카드, 신분증
나의 모든 것이었던 이런 것
지갑 속에 얌전히 들어 있던 손바닥만 빼두고
고가도로 아래
그 바깥으로는 비가 내려
그러나 내 발밑에서는 풀썩 흙먼지가 일고
고가 아래와 밖은 경계처럼
빗줄기가 뭉텅이로 쏟아지기도 해
나는 떠간다, 둥둥
소리조차 삼킨 고가도로를 따라
떠가다 보면 잃어버린 신발 한 짝을 찾을지도 몰라

잃지 않는 나머지 신짝도 잃어버린 지금
제설 자재와 재활용품 야적장이 지척인 고가 아래
동네 노인이 기르는 토끼장에
토끼는 없다
고가도로를 따라 달로 갔겠지
나는 쓸쓸한 저녁을 향해 가는 꿈을 꾼다
지갑을 잃은 손바닥을 주머니에 얌전히
개켜놓고 신발을 신는다

저녁이라는 말

내게는 평안이라는 말

해가 지고 어둠이 깔리는 그때,
지는 해를 보는 것조차도 사치스러웠던 그때,
저녁을 만나기 위해
학교를 때려치웠다면 믿을 수 있겠니?
늘 아르바이트로 바빠야 했던 저녁을 다시 찾아온 거야
햇살이 길게 날개를 내려
그림자인지 그늘인지 아리송할 무렵
선선한 바람도 서서히 불기 시작하면
바로 그때 저녁은
숨겨둔 애인처럼 찾아왔지
부드럽게 머리칼을 만지며 스치는 바람과
라벤더빛으로 변해가는 노을

거리에 나와 노천카페의 목재 의자에 앉아
행인들을 바라보면 저녁을 기다렸지
으스름 저녁은 그때에 오자마자
어둠이 재빨리 그 자리를 차지해버렸지

매일 저녁은 그렇게 왔다 갔지

봄에 당도한 소식

집 앞 분식집에서 라면을 먹으려고 젓가락을 든 순간 전화기에 진동이 왔다 울먹이면서 친구는 또 다른 친구가 천국에 갔다고 했다 천국이 어디인가? 라면에서 피어나는 수증기처럼 어지러운 곳인가 전화를 끊었다 서둘러 라면을 먹었다

작고 매끄럽고 앙증맞은 젓가락으로 면발을 건진다 나는 살아 있다고 나는 살아간다고, 면발이 뚝뚝 끊긴다 면발의 점성만큼이나 목숨의 점성도 그만큼이다 난 살아 있다고 그래서 어쩌라고? 눈물 한 방울 나지 않는다 눈물도 나지 않는 나를 쉽게 버리지 못한다

창밖에는 황사 가득한 하늘에서 이팝꽃잎이 나린다 어쩌라고

하고, 또 중고, 그리고 상고리

하여 그 길 밖에 길은 없었다 낮은 시누대가 언덕배기에서 흐린 하늘을 밀어 올려주는 곳이었다 사랑에 빠져 허덕이던 늙은 개가 쏘다니던 고샅 끝은 언덕을 넘어 저수지로 뻗어갔다 오른쪽 풀숲을 지나쳐 가면 분명 오래된 빗물 저수조와 소나무 몇 그루가 서 있다는 것을 알고 있다 풀들은 발목을 넘어서 무릎 부근을 간질거렸다 기를 써서 올라갔다 소나무 사이를 헤매던 바람은 성긴 머리칼을 잡아챘다 왼쪽 길을 택해 걸어본 기억은 희미하다 넓은 구릉과 마을을 조망할 풀밭이 펼쳐져 있어도 그건 내 것이 아니라는 생각이 먼저 앞섰다 오른쪽 길로 올라갔다 거기는 감나무 과원이 넓게 펼쳐져 있었고 끝까지 이어갈 자신이 없어졌다 저 멀리 저수지는 늦은 석양빛을 받아 반짝거리고 있었다

한 세기가 지나는 동안 나의 산책도 끝나가고 있었다

뜨내기

지붕부터 그린 게 아닌
집을 짓듯이 주춧돌부터 그리다 만 아이의 그림이
펼쳐져 있다

책상 위 스탠드 불만 켜고 책을 읽는다
내 뒤의 전부는 어둠
어둠은 다가오지 못하고 서성거린다
뜨내기의 아픔도 거기 머문다

너무 오래 죽은 척 살아와서
나이테만 도드라져 있는 기둥에
머리를 대고 잠이 들면
얼굴에는 나이테가 또렷했다

늦게까지 혼자 남아 설거지를 하는 아이가 있다
흘러가듯 사람들은 멀리 떠나가도 아이는
떠나지 못한다
아이는 신발을 신지 못한다

제3부

어제와 오늘 사이

어제 지나간 길을 오늘도 지나간다 시민공원 운동장에는 인조 잔디가 깔려 있고 어제의 사람이 아닌 오늘의 사람들이 축구를 하고 있다

어제의 풀을 깎는 조경사의 제초기 톱날 소리는 날카롭다 예사롭게 어제의 풀잎이 베어져나간다 다른 조경사는 베어진 풀잎들을 쓸어 모아 포대에 담는다 어제가 포대에 담겨 나간다 잘린 오늘의 풀에서 풀냄새가 피어난다

오늘의 나는 천천히 원형 트랙을 돌아나간다 마라톤 결승점에 도달한 선수의 지친 몸처럼 나를 끌고 간다 트랙 밖으로 나갈 때도 쓰러지지 않으려 한다 격려해주는 관중도, 한 통의 생수병을 들려줄 코치도 없다

제 빛깔을 잃어가는 가을 나뭇잎 곁에 어제 집을 짓던 거미가 들어앉아 있다 방사형의 정점에 오롯이 앉아 있다 잠자리 날개 하나가 거미줄에 달려 대롱거린다 잠자리는 탈출했을까, 거미의 하루치 식량이 되었을까 어제와 오늘 사이 잠자리의 행방만이 온전한 존재이다

저물어야 비로소

골목을 지나는데 개가 짖는다
노을이 골목에 닿기 전
골목도 텅 빈 하늘처럼 멈춰 있다

오늘은 저녁을 불러 모으기로 하자
쓸쓸함이 홀로 흔들린다 하니
더욱 큰 소리로 노래로 부르자

주근깨의 얼굴이 다정하게 다가온다
한 걸음씩 가까워지는 가로등의 그림자
쌍생아처럼 가로등에 딱 붙어 있다

삐쩍 마른 길냥이가 내게 눈을 떼지 않는다
가지런히 모은 두 발로 발톱을 숨기고
저녁 바람은 부드럽게 머리 쪽을 쓰다듬는다

텅 빈 하늘에 어둠이 차오른다
서늘함은 갈비뼈 아래서 신음하고
남불의 라벤더밭이 노을로 피어난다

가로등 밑의 내 발밑은 함정이다
바짓가랑이 아래로 어둠은 밀정처럼 숨어
골목을 비밀 아지트로 만들 작정이다

여기서 그만 엿보기로 하자

전해질 이별

딱딱한 소보로빵을 깨물었으나,
혓바닥이 아리도록 씹어 넘겼으나,
목에 걸려 캑캑거리지만 않았어도
나도 고백하고 싶었어

상자 속에 묵혀둔 누런 갱지의 사연을
니네 엄마가 첩이라서가 아니라,
몰락한 집안의 뼈 빠지는 가난 때문이 아니라,
변명처럼 나는 어렸지
나는 나보다 더 그럴듯해 보이고 싶었지

그때는 80년대였으니,
80년대식으로 멋있어 보일 수도 있었으나,
니가 흘린 눈물의 의미가 빵집 벽에 낙서로 남아서였지

하루하루를 살아내는 힘이 딸렸어
바지를 입을 때마다 꿰는 발이 헛발질을 했어
쫓기는 것도 없이 몸을 웅크리고 자야 했어

먼 이국의 풍경 같은 바깥이 스치고

거리를 명랑하게 지나는 사람들
겨우 비켜간 나는
이만큼 떨어져 티라미수 케이크를 포크로 찍고 있지
입술에 묻은 크림을 냅킨에 세련되게 닦아내고 있지
훨씬 후에 나는

나의 멍

누군가의 평생을 베끼고 싶은 날에
무심코 본 나의 온몸이 멍투성이네
푸르딩딩한 저 멍들의 기원부터 따져보아야겠네
처음에는 내 바깥의 불가피한 타격이었을 것이고
다음에는 내 내부의 치열한 호응이 있었겠네
살갗 아래에 살이 지그시 눌리고
실핏줄의 핏줄기가 돌기를 그만둔 곳
눈에 꼭 보이도록
누르면 반드시 아프도록

모든 아픔에 초감각적으로 맞서주는 내 살이 지겨워지네
이 말은 내 몸이 듣지 않게 침묵으로 속삭이네

그도 그럴 것이

어느 때부턴가
얼굴을 문지르면 때가 벗겨져나온다
누군가는 각질이라고 하고
누군가는 청결을 유지하라고 충고까지 한다
내가 내린 결론은 예뻐지라고 많이 처바른
화장품의 더께다
심심한 손은 얼굴의,
얼굴의 어느 곳에선가 때를 벗겨낸다
친절한 설명도 없이 잉여의 내 살가죽을 벗겨낸다
이 자리에서 남아도는 것은 그대로 둘 수 없다는
비장한 각오까지 벗겨낸다
또 누군가는 늙으면
여자가 늙으면 다 그렇게 되는 거라고 한다
벗기지 말라고 덧붙인다
불리지 않아도 쉽게 벗겨지는 표면들은
어떻게 해야 하느냐고 묻는다
표면은 이면을 숨기고 싶다고 했다

검은 비닐봉지

지금 막 지하도로 힘겹게 내려가는 노인의 왼손에
검은 비닐봉지가 들려 있다
옴켜쥔 비닐봉지가 지하도를 빠져나오는 바람에
주둥이가 잠깐 팔락거린다

완전히 감싼 것도 아니면서
어쩌다 툭 튀어나온 이마 정도는 얼핏 보여주면서
비닐봉지는 노인의 생애를 담고 있는지 모른다

너무 커서 담지 못하는 것은 구겨 넣으며
울퉁거리는 것들은 손으로 눌러도 가면서
담지 못할 게 없다

때로는 삐죽 나온 모서리가 횡경막께를 건드리기도 하고
축 처진 그물 같은 것은 아랫배를 묵직하게 늘이기도 하
지만

가끔 입을 벌려 바람도 드나들게 하는
저 너그러운 자신감은
노인의 생애가 가르쳐주었을 것이다

검은 비닐봉지에 물건을 가득 넣어

지하도를 내려가는 노인의

위태로운 발끝은 계단 끝에서 자꾸 어질거린다

슬픔계량사전

질문 유속을 구하는 공식을 부탁합니다.

답변 유속은 배관의 구경으로부터 얻어집니다.

질문 유속의 속도는 물론이고 유량율과 유로 아무것도 모릅니다.

그러면 손실수두를 구할 수는 있나요?

답변 유동하는 유체에너지가 마찰, 충격, 기타에 의해 상실되는 양을 수두의 길이로 나타냅니다.

참조 토목용어사전

질문 그러면 내 몸속을 헤매는 슬픔의 에너지를 계량하자면 타인과 조우하는 동안의 마찰, 말을 섞는 순간의 충격, 또 밤새 달리며 떠든 대가에 의해 상실되는 양을 길이로 나타내 보일 수 있나요?

참조 슬픔계량사전

무책임한 해안의 아침

어촌 풍경의 외벽이 단단하다
무채색의 아침이 좀처럼 일어날 줄 모른다
수평선은 등뼈를 빳빳하게 펴고 있다
출항했던 오징어 배가 돌아온다
선미에는 빨간 깃발이 흔들리고 있다
해가 수평선에서 멀리 물러섰을 때야
안개가 물러선다
무채색이 채색을 하는 시간이다
삐걱거리며 노 젓는 소리로
파도가 서로의 말을 대신한다
방파제의 끝이 손쉽게 다가온다
바다의 자물쇠가 견고하다
쉽게 열어 보여주질 않는다
열쇠는 눈알 맑은 심해어가 갖고 있다는 풍문뿐
가장 처량한 신파가
가장 위대한 법문이라며
해안이 출렁거린다

어느 날

각진 건물들 사이로 햇살이 휘어져 들어오는 오전 열 시,
뒷골목에서는 노점상들이 좌판을 벌이는 시간이다
간밤의 불면에 노랗게 뜬 잎을 보내는 은행나무와
한참을 실랑이하던 차광천막이 서서히 어깨를 편다

은행나무에 기대어 있는 나는
갈 데도 없고

사무원들이 목에 신분 카드를 걸고 건물에서 쏟아진다
해가 눈부셔 그쪽을 잠시 쳐다보지만
차광천막 아래의 노점에는 눈길을 주지 않는다
사무원들의 딱딱한 발걸음은 멈추는 법도 없다

해는 차광천막을 뚫고라도 자신을 알린다
김장배추는 시들해지고 가지들은 입술이 마른다
끝물 오이는 구부러진 채 말이 없고 보은 대추는 맥없이
쪼그라든다

이제는 차광 천막보다 은행나무 그늘이 절실해지는데
낡은 유모차를 밀고 온 할머니가 풋호박 세 개를 담는다

아이가 없는 유모차는 길바닥의 사소한 거침에도 덜컹거
린다

까만 비닐봉지에 토마토를 받아든 초등학생이
뛰어가다 말고 하나를 꺼내 문다
붉은 토마토의 푸른 속내가 일시에 입 밖으로 터져 나온다

은행나무에 기대어 있다 보니 나는 초등학생이 되어 있다
저만치서 엄니는 무릎 앞에 양파며 마늘이며 몇 무더기 놓
아두고
오지 않는 손님을 하염없이 기다리고 있다
'엄니'라는 말이 내 입안에서 우물쭈물 터져버린다

범박한 오후

허탈한 만큼, 허전한 만큼
꼭 그만큼만 몸을 누였다.
바깥은 온통 사육 중이었으므로,
차라리 방 안에서 사육당하는 편이 나았다.
현관 앞의 CCTV도 검은 안대를 끼고 있으므로,
전신주 끝이나 교통신호등 위의 그것도 어김없이
먹잇감을 노리는 짐승이므로,
바깥의 것들은 쉽게 잡혔다.
올가미가 씌워진 오후,
오후가 되면 몸은 더 쓸모가 없어졌다.
꽝 맞은 경품행사만큼,
껌 종이 하나 찾지 못한 야유회의 보물찾기만큼,
허허실실, 허무했다.
햇살 한 줄이 방 안에 비집고 들어오려고 할 때
젖빛 유리로 비쳐든 태양의 표면은
어릴 적 그대로다.
젖빛 유리로는
더 많은 바깥을 볼 수 있다.

마르는 시절

아이는 울음 끝이 길었다
울음이 긴 만큼 명줄도 길다고 했다

말라가는 것이 부러울 때가 있었다
모든 것을 포기하고 가진 것을 다 내주었을 때
남은 물기마저 닦아주었을 때
비로소 다가갈 수 있는 열락의 단계라 생각했다

숲은 버려진 것처럼 말라가고 있었다
떼잔디조차도 누렇게 떠가고 잠시의 흙도 부석거렸다
하늘을 향해 손을 내밀거나 뿌리로 지하 도시를 만들어 가
는 나무를 빼고는 모조리 습기를 잃었다

부분월식의 꼬리는 자작나무 끝에 걸려 있었다
고라니가 풀썩 마른 풀 위에서 넘어졌다
어디선가 뻐꾹새 한 번 깊게 울다 이미 그쳤다

눈물마저 흘려지지 않았다 아이는 소리로만 울었다

층간 소음

탕 탕 탕 초인종이 빤히 눈앞에 있는데 현관문에 발길질
이다
아랫집 트럭 기사의 넙데데한 얼굴이
현관 모니터에 불쑥 올라온다
눈만 뒤룩뒤룩 확대되어 얼굴은 잘 보이지 않았지만
순간 온 집안이 이 상황을 알아차렸다

네 살 꼬마는 재빨리 커튼 뒤로 숨었다
발가락으로만 잽싸게 달려갔다
아이보리 꽃무늬 커튼 아래로 까치발 두 개가 앙증맞다
쓰러질 듯 쓰러질 듯 용케 버티고 있다

작은 방에서 중2 녀석의 째지는 기타 소리도 일시에 멎었다
심장까지도 멎는 게 맞다

당황한 두 손과 두 눈동자가 부산했다
현관으로 가기 전에 리모컨부터 찾았다
음소거를 누르려는데 리모컨은 스르르 떨어지더니 와장창
소리를 내며 깨졌다

최대한 공손한 낯빛으로 현관문을 열었다
무슨 일이세요
라는 말도 얼어붙었다
한참 동안 숨을 고른 아저씨는 무겁게 말을 뱉었다
제발
이 말을 뱉은 아저씨의 입술은 일그러졌고
문짝을 짚은 왼손에 파랗게 힘줄이 배어났다

제발
전기세 좀 주쇼
얼마나 밀렸는지 알기나 하셔!

경계

　카이저슬라우스테른의 지인 집에 한참을 머문 적이 있었
다 발음하기도 힘든 마을의 한 귀퉁이에서 아침이면 집을 나
와 마을을 낀 숲으로 갔다 독일가문비나무의 숲은 아니었다
흔한 잡목 숲이었다 나무들은 다들 키가 컸다 숲은 축축하고
음울했다 키 큰 잡목과 키 작은 잡목 사이에서 어중간한 키
의 내가 헤매고 있었다 천천히 발을 끌고 맴돌았지만 꿈결인
가 현세인가

　발음하기도 힘든 마을은 쉽게 머릿속에서 사라져갔다 다
시 기억해내기 위해서 황제라는 뜻의 독일어를 찾았고 마을
이름을 찾아냈다 인터넷에는 서너 개의 관련 사이트가 있었
고 그중 분데스리가 카이저슬라우스테른의 한국 팬카페에는
한 자리 숫자의 회원만 가입되어 있었다 방문수는 내가 방금
클릭한 1이었다 카페 메뉴에는 작성된 글도 없었다 카이저슬
라우스테른은 내게 있었던가 없었던가

　카이저슬라우스테른의 지인도 그곳을 떠났다
　몇 년이 지난 후 다시 카이저슬라우스테른을 지나친 적이
있었다 다만 나는 기차역과 조우했고 카이저슬라우스테른은
스치듯 멀어졌다

한 문장의 서사

눈물은 왜 그때쯤 나오려고 하는지
흐를까봐 자꾸 눈물 줄을 잘라버려도
콧물이 미리 알아 훌쩍여주고
눈시울이 지레 짐작 빨개지고
여기서 그쳤어야 하는데
마음 들킬까봐 다 식은 찻잔을 다시 들어올리고
그래도 힘들어서 잠시 고개를 들어
천장 전등 위 먼지 더께 노려보다가
서사가 되어 흐르는 강물을 보았을 때처럼
먼저 간 사람이 나중에 올 사람의 옷깃을 잡고
끌고 가는 강둑에서
너는 바로 나였을 뿐이라는 아린 고백이
심장에 박혀 오도 가도 못하고
그 자리에서 수십 년을 살았다는
미루나무의 이야기를 여름만 되면
서너 번씩 범람하여 흐느꼈다는
강물의 스토리텔링에 지친 겨울밤

두레박 소리

외딴 집에 살던 외할머니 처녀 적 이야기지. 저녁상을 치우고 우물로 물 길러 가면 누가 먼저 와서 물을 푸고 있었다는 거야. 두레박 던지는 소리, 물 푸는 소리, 철벅철벅, 두레박 들어 올리는 소리, 물동이에 쏴 물 붓는 소리. 반가운 마음에 발길을 재촉하여 우물가에 다다르면 머리 푼 소복 아낙네가 물동이를 이고 대숲 사이로 사라지곤 했단 거야. 우물속을 들여다보면 우물은 출렁거림도, 물 흘림도 없는 고요한 거울이었대. 보름달이라도 떠 있는 날이면 달도 일그러뜨리지 않고 동그랗게 입 다물고 있는 거였대.

적막한 밤하늘에 보름달이라도 뜬 날이면
지금도 두레박에서 물 떨어지는 소리가
내 귀에 들려

유독 나만 이뻐하셨던 외할머니는
가시면서 두레박 소리만 내게 두고 가신 겨

순간

탱자꽃이 피는 순간 떨어졌다고 우습게 보지 마세요
한겨울에도 탱탱한 황금빛을 굴리며 버티고 있는 탱자를
보면
순간도 영원처럼 뒤바뀔 수 있다는 걸 눈치채기 어렵지 않
거든요

90년대식 지프의 조수석 뒤에
고양이가 새벽에 새끼를 네 마리씩이나 낳아두었네요
간밤의 긴 여행을 눈여겨보았다가
어미 고양이는 뒤따라 나설 모양이에요

치마를 입은 기억은 가물거리는데
헐렁한 티셔츠를 껴입은 나는
태초에 남자와 여자는 한 몸이었다는 신화를 굳게 믿고 있
지요

바퀴벌레는 늘 한 마리만 나타나지요
뚱뚱한 몸을 가끔 뒤집기도 하다가
다시 버둥거리며 구멍 찾아 달려 들어가면
거기에 다정한 바퀴벌레는 기다리고 있겠지요

봄꽃들

봄꽃들이 피고 진다
미처 피기도 전에 져버리는 봄꽃들에 분노!
순간의 아름다움이,
찰나의 행복이,
온 생애를 관통할 비애가 될 수 있음을 간과했다
인용되는 봄의 메모들이
살구 꽃 그늘에 앉아 잠시 졸았던
예닐곱 살의 장난 같은 꿈이었다고
뒤늦은 고백을 듣는다

간밤 꿈속에서 메모를 했다
꿈속에서도 잊지 않으려 했다
길바닥에 무언가를 버리고 왔다 이었는데
그 무엇인가가 생각나지 않는다
그다음은 또 무얼 버릴 것이다
몇 개의 생각을 했는데 또 다 잊어버렸다
오지 않을 다음 생의 봄날만 기억한다

가을이다

아직도 갈대와 억새를 구별하지 못하느냐는 말에
구별할 필요가 있느냐고 되물었다

동원할 수 있는 모든 단어들을 합하여 헤아려본다
생각은 구름만큼이나 다양한 얼굴을 지녔다
슬픔의 단어에서 분노의 단어까지 앙감질로 건넜다
그래 봤자 내 생각의 키는 넘을 수 없다

쫓기듯이 생을 마감한 생물들도 있다
견디기 어려웠던 생활의 조각들
발바닥에 찔려 급히 잊혔을 것이다

한자의 응凝을 들여다보면 고달픈 일상이 보인다
응시凝視는 베끼기도 어려운데
똑바로 바라보기는 더욱 어려운 일

주목 열매의 말랑말랑한 빨강을
손가락 끝으로 주무르는 가을이다

화진포

밤이라면 어둠은 들키지 않는 게 좋다
채낚이 어선의 집어등이 수다스럽다

조금쯤 삐뚤거려도 거기서 멈춰 서
해무는 집어등 주변을 서성거린다

너무 멀었구나 너무 멀리 떠나왔구나

잔잔한 바다의 조잡한 물결을 가져와
생의 중간쯤 길게 써진 문장에
밑줄을 긋는 밤

위악僞惡, 게으름, 사랑의 하모니

—김수목의 시

권온(문학평론가)

1.

김수목은 2000년에 등단한 이후 『나이테의 향기』, 『브레히트의 객석』, 『바그다드 카페』 등의 시집을 지속적으로 간행하면서 자신의 시 세계를 활달하게 확장시키고 심화시켜 온 중견 시인이다. 그가 이제 오십여 편의 시편이 담긴 신간新刊을 새롭게 선보인다. 김수목 시의 스펙트럼은 넓고도 깊게 분포되어 있다. 한두 마디로 요약하기 힘든 다채로운 시 세계를 정확하게 파악하기 위해서 이 글은 11편의 시를 특별히 엄선하였다. 밝은 눈으로 함께 살필 일이다.

2.

방 안의 공기는 방 안의 자세를 용서해요

세발가락나무늘보보다 더 늘어져 있는 나도 용서해줘요

유칼리나무 책장의 변함없는 직립도 기꺼이 받아드리지요
들쑥날쑥 책의 크기는 물론이고요 깜박이다 서서히 빛을 잃
어가는 전등의 필라멘트도 다 묵인하지요

앉기만 하면 빙글 도는 회전의자를 가까스로 정지시켜요
모니터의 카르멘은 아직도 집시 춤을 추지요
나는 이 생을 능숙하게 살아낼 자신이 없다는 말만 동영상
의 버퍼링처럼 반복해요

　　　　　　　　　　　　　　—「오늘은 긴 날이에요」 부분

　독자로서는 이 시의 화자 '나'의 발언 곧 "나는 이 생을 능
숙하게 살아낼 자신이 없다"에 우선적으로 주목할 일이다.
'나'는 '이 생' 또는 '현실'을 살아가는 일이 힘겹다. 그가 '상
상'이나 '환상'의 구현으로서의 '시'에 몰두하는 까닭이 여기
에 있을 터이다. 더불어 '용서하다', '받아 주다', '묵인하다'
등 일련의 서술어에 눈길이 간다. 이들 서술어는 삶의 갈등
국면에 노출된 '나' 스스로를 다독이는 역할을 수행할 수 있
기 때문이다.

　인어공주처럼 물거품이 될 거예요
　인어공주는 왕자님을 잊을 거예요
　인어공주는 수많은 물거품을 거느리고 있을 거다
　겹친 듯 겹쳐진 물거품들은 파문이 생기기도 전에 사라질
것이다

잊어버릴 거예요

피라미가 그랬던 것처럼

빗물이 그런 것처럼

지문이 닳아 없어진 것처럼

　　　　　―「인어공주는 서서히 입을 열었다」부분

　이 시가 집중하려는 대목은 '누군가'의 입에서 흘러나오는
일련의 '말' 또는 '언어'이다. 우리가 여기에서 물음이나 추측
을 의미하는 '누군가'를 거론하는 까닭은 '말' 또는 '언어'의 주
체가 하나로 수렴되지 않기 때문이다. 제목이 드러나듯이 이
작품에서 입을 연 것은 '인어공주'이지만 4연과 5연에 제시되
는 "물거품이 될 거예요", "잊을 거예요", "사라질 것이다",
"잊어버릴 거예요" 등의 목소리는 시인의 것일 수 있기 때문
이다. 곧 소멸과 망각을 지향하는 비움의 언어는 김수목 시
의 개성이 된다.

　　밤이라면 어둠은 들키지 않는 게 좋다

　　채낚이 어선의 집어등이 수다스럽다

　　조금쯤 삐뚤거려도 거기서 멈춰 서

　　해무는 집어등 주변을 서성거린다

　　너무 멀었구나 너무 멀리 떠나왔구나

잔잔한 바다의 조잡한 물결을 가져와

생의 중간쯤 길게 써진 문장에

밑줄을 긋는 밤

—「화진포」 전문

화진포花津浦는 강원도 고성군 거진읍에 있는 호수인데 인근의 해수욕장이 유명하다. 이 시의 1연과 2연은 화진포의 '밤바다'에 집중한다. '어둠'과 '집어등'과 '해무'는 밤바다의 그윽한 분위기를 조성한다. '밤이 선생이다'라는 비평가 황현산의 담백한 표현에 담긴 어떤 진실은 이 작품을 이해하려는 우리에게도 도움이 된다. 시인이 3연에서 "너무 멀었구나 너무 멀리 떠나왔구나"라는 자각自覺에 도달할 수 있는 까닭은 '밤'이 존재하기 때문이다. 김수목이 발견한 "생의 중간쯤 길게 써진 문장에/ 밑줄을 긋는 밤"은 단순한 수사修辭가 아니다. 이제 '바다'와 '문장'은 한 몸이 되고, '자연'과 '언어'는 조화를 이룬다. 체험과 기억의 물결을 건넌 진정한 인간의 삶이 시작되는 순간이다.

저녁 들판을 걷다 보면 수시로 각시꽃게거미의 거미줄이 얼굴을 감는다 태어나 가장 진지한 자세로 바람의 방향과 날씨를 가늠하면서 각시꽃게거미가 하늘에 없는 길을 만드는 중이다

유사비행이다

시공을 헤매는 것은 저나 나나 마찬가지겠지만 날개도 없

이 날아가는 것들이 무슨 길을 만든다고 버틸 가구도 없이 기
댈 벽도 없이 편의점 야간 아르바이트는 그래도 견딜 만하다
고 했다 시급 육천 원이라고, 최저 시급보다는 높다고, 가는
허리를 가진 그녀는 웃었다 그녀는 살아낼 길을 만드는 중이
었다

　　웃는 사이 유통기한이 지난 불고기 삼각김밥이 입 밖으로
삐죽이 튀어 나왔다

　　　　　　　　　　　　　　　　　　　　—「비행거미」 전문

이 시는 세 겹의 삶 곧 시의 화자 '나'와 '각시꽃게거미'와 '그
녀'의 삶을 이야기한다. 여기에서 제시되는 세 겹의 삶은 서로
긴밀하게 연결되어 있다. '나'는 얼굴을 감는 '거미'의 행위 곧
'유사비행'에 주목한다. 거미가 허공에 거미줄을 치는 행위는
진짜 비행은 아니다. '나'는 비행을 닮은 거미의 행위를 "시공
을 헤매는 것"으로 규정한다. '나'는 날개 없는 존재이지만 날
아보려고 발버둥치는 거미의 안쓰러운 모습에서 자신의 얼굴
을 발견한다.

거미가 "하늘에 없는 길을 만드는 중"이라면 편의점에서
야간 아르바이트를 하는 그녀는 '시급 육천 원'으로 "살아낼
길을 만드는 중"이다. 김수목은 "최저 시급보다는 높다고" 말
하며 웃는 그녀에게서, "유통기한이 지난 불고기 삼각김밥
이 입 밖으로 삐죽이 튀어 나왔"던 그녀에게서, 다시 한 번
스스로의 모습을 확인한다. 시인은 독자들에게 생生이란 희
미한 웃음으로 견뎌야 하는 위태로운 비행飛行임을 적확하

게 전달한다.

　　식물학자는 아까시나무가 맞는 말이라 했지만 나에게는 아
카시아가 분명 맞는 말이지요
　　"아까시" 라고 부르면 급하게 닫힌 입술 사이로 꽃향기가
들어갈 틈이 없어요. 하지만 "아카시아" 하고 불러주면 벌어
진 입술 사이로 무한정으로 꽃향기가 넘어와요 덤으로 방정맞
게도 찔레꽃의 향기까지
　　　　　　　　　　　　　　　　　　—「너와 나의 이름」 부분

　　주지하다시피 김춘수 시인은 언젠가 "내가 그의 이름을 불
러주기 전에는/ 그는 다만/ 하나의 몸짓에 지나지 않았다.//
내가 그의 이름을 불러주었을 때/ 그는 나에게로 와서/ 꽃이
되었다." 라고 말한 바 있다. 여기에서 '몸짓'과 '꽃'의 차이는
'이름'의 적절성과 관련된다. 김춘수의 시 「꽃」이 대중적 명성
을 얻게 된 까닭은 진정한 '관계'를 열망하는 현대인의 심리를
꿰뚫고 있기 때문이다.
　　김수목의 시 「너와 나의 이름」 역시 '이름'에 집중한다. 식
물학자에게는 '아까시'나무가 맞는 말이지만 시의 화자 '나'에
게는 '아카시아'나무가 제격이다. '아까시'라는 이름을 발음하
다 보면 입술이 급하게 닫히고 꽃향기가 들어갈 틈이 없다.
반면 '아카시아'라는 발음을 시도하다 보면 입술이 벌어지고
꽃향기가 풍성하게 유입된다. 적절한 이름을 선택하고 발음
하는 일은 개체個體의 본질에 다가서는 일이다. 남들은 '아까

시'라고 말하지만 나에게는 '아카시아'가 맞는 말이라는 인식
은 세계를 바라보는 시인의 개성적인 눈과 다른 말이 아니다.

밖은 무더운데

서늘한 바람은 창을 넘어와

내가 바란 건

따스한 햇살 한 줌인데

손바닥에는 바람만 가득해

낮잠을 자는 고양이를 툭 건드려봐

문 좀 닫아줘

쿨렁 뱃가죽만 들어갔다 나올 뿐

나만큼 무력해

일어서는 건 싫고

닫는 건 더욱 싫고

게으름이 나를 먹여 살리지

게으름 때문에 한 송이 쑥부쟁이 꽃이 피었고

게으른 소 울음 때문에

송아지는 태어났지

게으른 보리는 더디 자라

햇수로는 두 해를 자라야

햇보리가 되지

게으른 가을이 그래서 가나 봐

—「게으른 가을」 전문

독자들 중 다수는 '멍 때리다' 또는 '멍 때리기 대회'라는 말을 한두 번쯤 들어본 적이 있을 것이다. 이는 "정신이 나간 것처럼 자극에 대한 반응이 없다"를 의미하는 형용사 '멍하다'와 관련된 표현이다. 멍 때리는 대회의 등장은 급변하는 한국사회의 부작용과 무관하지 않다. 치열한 경쟁 속에서 살아가야 하는 우리 사회의 구성원들에게는 그동안 '멍 때리는' 시간은 허락되지 않았다. 정글 같은 이 사회에서 살아남기 위해서 우리는 긴장의 강도를 점점 올릴 수밖에 없었던 것이다. 인위적으로 '멍한' 상태를 조성함으로써 극도의 경쟁과 긴장의 시간을 잠시나마 내려놓으려는 몸부림이 바로 멍 때리기 대회이다.

독자들로서는 김수목의 시 「게으른 가을」을 이러한 오늘의 세태와 연결하여 이해할 수 있겠다. 시의 화자 '나'는 "일어서는 건 싫고/ 닫는 건 더욱 싫고"라고 말한다. 한마디로 '나'는 '무력'한 상태에 놓여 있다. 하지만 우리는 "게으름 때문에 한 송이 쑥부쟁이 꽃이 피었고/ 게으른 소 울음 때문에/ 송아지는 태어났지"라는 발언과 "게으름이 나를 먹여 살리지"라는 단언에 주목해야만 한다. 이제 '게으름'은 생산과 생존을 위한 필수적인 메커니즘이 된다. 시인의 게으름 예찬은 피에르 쌍소Poerre Sansot가 일찍이 언급한 '느리게 산다는 것의 의미'와 맥이 닿아 있다는 점에서 세계적인 보편성을 획득한다.

도서관에서 잠드는 건 내 삶의 이력인지라

언제 끼어들었는지도 모를

잠의 결에서 허적이는 나를 볼 때면
도서관은 낮잠의 또 다른 이름일 거야

아니지 관능의 다른 처소일지도 몰라
에페소의 셀수스 도서관에
유곽으로 통하는 지하통로가 있었다면
그것도 같은 뜻이잖아

몽매한 눈을 다시 떠서
읽던 책을 들여다본들
지식 하나 더 두껍게 얹어가는 의미 이상
더 뭐가 있겠어?

다시 현실로 돌아와
책과 잠 사이
그냥 희미한 소리들과 미세한 호흡들과
팔랑거리는 책장, 책장들

유난히 부스럭거리는 가을을 노려보며
잠의 노여움을 잠시 달래는
구겨진 서가 끝,
형광 불빛만 요란하다

—「책과 잠」전문

'잠'을 바라보는 김수목의 시각은 개성적이다. 이 시에서 '잠'은 두 개의 경향으로 등장한다. '책'으로 뒤덮인 '도서관'이 하나의 계열을 이룬다면, '관능'이 흘러넘치는 '유곽'은 다른 하나의 계열을 형성한다.

시인이 주목하는 '잠'은 '낮잠'이다. 김수목에게 '도서관'은 '책'을 읽는 장소이자 '낮잠'을 실천하는 공간이다. '도서관'에서의 '낮잠'은 일종의 '일탈'일 수 있다. '낮잠'에 빠진 이는 '몽상夢想'의 세계로 나아간다. 창조적인 시인이나 작가에게는 '책'을 읽다가 '낮잠'으로 침잠한 후 '몽상'으로 이동하는 경로가 필요하다. 김수목은 프로이트Freud나 바슐라르Bachelard가 탐색한 '시'와 '몽상'의 동거同居에 동의한다.

시 「책과 잠」이 내세우는 '몽상의 시학'의 개성은 '유곽'과 '관능'으로 대표되는 감각의 향연과 무관한 것이 아니다. 김수목은 전쟁 같은 '현실'에서 견딜 수 있는 힘을 두 갈래 길에서 추출한다. '도서관'의 '책'이 눈에 잘 띄는 대로大路라면, '유곽'의 '관능'은 은밀하게 숨어 있는 소로小路이다. 우리가 창조적인 시인 김수목이 형상화하는 몽상의 시학에 주목하는 까닭이 바로 여기에 있다.

> 내가 책을 읽는 것은 낯선 골목을 헤매는 것과 같았다
> 문장은 담벼락이 되고
> 해석은 늘 발밑에서 쿨렁거리는 보도블록이 되었다
> 걷는 일보다 주변의 것들에 눈을 돌려야 하는 책 속의 세상
> 자꾸만 눈은 책 밖으로 뛰쳐나가려 하고

귀는 세상으로만 열려 있었다

막다른 골목 같은 책 하나를 읽어 넘기면

꿈처럼 그가 다가왔다

또 다른 허기와 궁핍을 품고 사는 난독이라는 그

—「난독이라는 그」 전문

　　김수목의 '책'을 향한 관심은 꾸준하다. 시인에게 '책을 읽는 것' 또는 '독서'는 "낯선 골목을 헤매는 것"과 같다. 책 속의 '문장'은 '담벼락'이 되고, 글을 '해석'하는 행위는 '보도블록'이 된다. 책을 읽는 과정을 새로운 길을 걷는 경험으로 치환하는 시인의 시적 역량이 눈부시다.

　　누구에게나 낯선 길을 헤매는 일은 버겁듯이, "막다른 골목 같은 책 하나를 읽"는 일은 필연적으로 '난독難讀'을 동반한다. 김수목이 걷는 도중에 '주변'의 것들에 눈을 돌리고, 독서를 하다가도 '책 밖'으로 뛰쳐나가려 하는 까닭은 '세상'의 유혹이 너무나 강렬하기 때문이다. 그럼에도 불구하고 우리는 책 읽기의 어려움을 호소하는 시인이 개성적인 시를 쓰기 위한 노력을 쉬이 멈추지 않을 것임을 믿는다.

　　사소한 일이란 게 없지요

　　이부자리에서 몸을 일으키는 일도 실로 위대한 일이지요

　　오른손을 짚고 서서히 일어나거나

　　두 발에 동시에 힘을 주고 발딱 일어서는 일도 예삿일은
아니지요

칫솔을 물고 눈을 감을까 아니면

불멸의 얼굴을 마주쳐야 할지 고민하는 것도 놀라운 일이

지요

밥을 먼저 먹을까 콩나물국을 먹을까 생각하는 일도

번민에 속하는 거지요

밥상에 둘러붙은 밥풀때기를 손으로 뗄까 휴지로 뗄까

망설이는 것도 쉬운 일이 아니지요

현관 앞에 흩어진 신발 중에서

오늘을 실어 나를 신발을 고르는 건 경이로운 일이지요

모든 사물들에게 경어를 쓰고 싶어요

목례로 끝낼 일이 아니지요

큰절이라도 올리고 싶은 청순한 아침이네요

　　　　　　　　　—「경어를 쓰고 싶은 아침」 전문

변주變奏란 음악에서 어떤 주제를 바탕으로, 선율·리듬·화성 따위를 여러 가지로 변형하여 연주하는 행위 또는 그런 연주를 가리킨다. 변주는 비단 음악에만 적용될 수 있는 표현이 아니다. 이는 시를 비롯한 모든 예술에 긴요한 요건이다.

인간은 대개 단순한 반복의 누적 앞에서 피로감을 호소하기 마련이다. 그런 까닭에 우리는 나날의 일상에 변화를 주기 위해서 맛있는 음식을 먹거나 휴식을 취하고 때로는 여행을 떠나기도 한다.

김수목의 시「경어를 쓰고 싶은 아침」은 우리의 삶과 예술에서 '변화' 또는 '변주'의 능력이 더할 수 없이 소중한 덕목

임을 입증하는 귀한 표본이다. 물론 여기에서 강조하는 변화
나 변주의 기저에는 '반복'의 메커니즘이 전제되어 있어야 하
겠다. 시인은 '반복'과 '변주'를 결속하면서 시의 주제를 강화
되는 동시에 음악성을 고양시킨다. 곧 "~없지요", "~일이지
요", "~아니지요", "~거지요", "~싶어요", "~아침이네요"
등으로 연결되는 김수목 시의 반복과 변주는 다양성의 힘을
적극적으로 보여준다.

> 시간을 다 탕진한
> 돌아온 탕자가 되는 거,
>
> 침통과 우울을 번갈아 씌우는
> 사채업자의 낯빛이 되는 일,
>
> 그럴 만한 이유가 다 있을 거라고
> 그래서 사는 거라며 목 놓아 악 써보는 거,
>
> 한 사내의 연보에
> 슬쩍 내 이력을 끼워 넣는 일,
>
> 더 이상 갈 곳 없는 위태로움에
> 한나절이라도 늦추어 태양이 더디 뜨게 만들고
> 유약에서 위악까지 세상을 넓히는 일,
> > ―「내가 해야 할 일들」 부분

대부분의 사람들에게 자신이 하고 싶은 일과 자신이 해야 하는 일은 동일하지 않는 경우가 많다. 인간에게는 해야만 하는 일들이 있다. 살기 위해서, 생존을 유지하기 위해서는 하고 싶지 않아도 해야 하는 일, 하기 싫어도 해야 하는 일이 있다. 반면 인간에게는 하고 싶은 일들도 있다. 생존의 문제를 넘어선 곳에는 자신이 꿈꾸는 일, 자신이 지향하는 일이 있는 것이다. 전자前者를 '현실'이라 부를 수 있다면, 후자後者를 '이상理想'으로 규정하는 것도 가능한 일이다.

김수목의 이 시는 '내가 해야 할 일들'이라는 이름표를 달고 있지만, 시인은 내심으로 '내가 하고 싶은 일들'에 집중하고 있는 것으로 보인다. 4연의 "시간을 다 탕진한/ 돌아온 탕자", 5연의 "침통과 우울을 번갈아 씌우는/ 사채업자의 낯빛", 6연의 "목 놓아 악 써보는 거" 등은 유약한 성격의 시의 화자 '나'에게는 대단한 모험이다. '나'는 의식의 세계에서는 실천할 수 없는 무모한 일을 무의식의 세계에서 실현하려고 노력한다. 시인은 독자들에게 '유약幼弱'이 아닌 '위악僞惡'을 권유한다. 위악은 삶이라는 정글을 견디는 유용한 방법이 될 수 있다는 점에서 경청할 만한 제안이다.

　　사람이 죽는 순간 순간적으로 살짝 몸무게가 줄어든다는
　　보고서를 읽은 적이 있다 보고서는 영과 혼이 몸을 빠져나갔
　　기 때문이라고 결론을 내렸지만

　　누군가 죽은 사람의 혼이 코로 빠져나가는 걸 본 적이 있

다고 했다

　혼이 빠져나갈 수 있는 코가 그럼 창문이 되는 걸까
　창문이 그리 쉽게 어디서나 열리나
　코와 입과 눈과 귀가 다 통해 있으니 코가 창문이라면 혼은
갑자기 길을 잃어버릴지도 모른다 차라리 몸속에 주저앉아 환
생하고 싶어 할지도 모른다는 생각도 들었다

　코가 꽉 막힌 감기증세의 나날이 계속되고 목젖이 부어올
라 목구멍을 막는 날에 겨우 일으킨 몸 대신의 생각이다

　과학자의 말을 신의 말씀보다 신봉하게 되었다는 예언가
의 말을 믿는다

　한때는 가난한 연인의 흉내를 내기도 했지
　발이 부르트도록 걸었고 공동묘지 사이에 나란히 누워
　흐린 눈빛으로 서로의 코의 위치를 확인하기도 했지
　부질없는 짓이었지만 신의 예언보다 확실한 건 사랑이었다
　　　　　　　　　　　　　　　　　　　　　—「예언」 전문

　사람은 누구나 직접적으로 드러내느냐 아니면 암묵적으
로 간직하느냐의 차이가 있을 뿐, 자신의 고유한 '인생관' 또
는 '세계관'을 갖고 있다. 시 「예언」은 김수목의 '인생관' 또는
'세계관'을 보여주는 흥미로운 작품이다. 우리는 누구나 언

젠가 죽음을 맞이하게 된다. 권력도 부富도 명예도 죽음의 길을 막아설 수는 없다. 죽음을 염두에 둘 때, 인간은 겸손해지고 경건해진다. 시인은 독자들에게 세 개의 보기를 부여한다. 첫째, '신의 말씀' 또는 '신의 예언', 둘째, '과학자의 말', 셋째, '사랑'이 보기의 구체적인 이름이다.

우리는 과연 죽음이라는 절대적인 순간 앞에서 어떤 선택을 할 수 있고, 또 해야만 하는 것일까. 우선 첫째 보기인 '신神'의 말씀이나 예언은 '종교'로 이해할 수 있을 테다. 다음으로 둘째 보기인 과학자의 말은 '과학'이라는 보편적인 진리 또는 법칙으로 해석할 수 있겠다. 셋째 보기인 '사랑'은 '신'과 '과학'이라는 양 극단을 포괄하는 인간 고유의 마음일 것이다. 김수목이 삶의 궁극의 목표를 '사랑'에서 발견했다는 사실은 시인이 로맨티시스트임을 보여준다. 김수목은 이 시에서 '종교'에 무조건적으로 몰입하는 것도 위태롭고 그렇다고 '과학'을 맹신하는 것도 위험하다는 입장을 견지하면서, 무엇보다도 사랑의, 사랑에 의한, 사랑을 위한 시와 삶을 노래하고 있는 것이다.

3.

이 글은 김수목의 신작 시집에 담긴 시편 중 11편을 취사 선택하여 고찰하였다. 그는 삶 또는 현실의 갈등을 해소하는 적절한 방편으로써 시를 내세운다.

소멸과 망각을 지향하는 비움의 언어는 김수목 시의 빛나는 개성이다. 또한 시인이 발견한 문장은 단순한 수사修辭가 아니다. 이제 '바다'와 '문장'은 한 몸이 되고, '자연'과 '언어'는 조화를 이룬다.

김수목은 독자들에게 생生이란 희미한 웃음으로 견뎌야 하는 위태로운 비행飛行임을 적확하게 전달한다. 시인은 독자들에게 '유약幼弱'이 아닌 '위악僞惡'을 권유한다. 위악은 삶이라는 정글을 견디는 유용한 방법이 될 수 있다는 점에서 경청할 만한 제안이다.

적절한 이름을 선택하고 발음하는 일은 개체個體의 본질에 다가서는 일이다. 남들은 '아까시'라고 말하지만 나에게는 '아카시아'가 맞는 말이라는 표현은 세계를 바라보는 김수목의 개성적인 눈을 보여준다.

시인에 따르면 '게으름'은 생산과 생존을 위한 필수적인 메커니즘이다. 김수목의 게으름 예찬은 피에르 쌍소Poerre Sansot가 일찍이 언급한 '느리게 산다는 것의 의미'와 맥이 닿아 있다는 점에서 세계적인 보편성을 획득한다.

김수목은 프로이트Freud나 바슐라르Bachelard가 탐색한 '시'와 '몽상'의 동거同居에 동의한다. 그는 전쟁 같은 '현실'에서 견딜 수 있는 힘을 두 갈래 길에서 추출한다. '도서관'의 '책'이 눈에 잘 띄는 대로大路라면, '유곽'의 '관능'은 은밀하게 숨어 있는 소로小路이다. 우리가 창조적인 시인 김수목이 형상화하는 몽상의 시학에 주목하는 까닭이 바로 여기에 있다.

김수목의 시 「경어를 쓰고 싶은 아침」은 우리의 삶과 예술에서 '변화' 또는 '변주'의 능력이 더할 수 없이 소중한 덕목임을 입증하는 귀한 표본이다. 물론 여기에서 강조하는 변화나 변주의 기저에는 '반복'의 메커니즘이 전제되어 있다. 시인은 '반복'과 '변주'를 결속하면서 시의 주제를 강화되는 동시에 음악성을 고양시킨다. 곧 "~없지요", "~일이지요", "~아니지요", "~거지요", "~싶어요", "~아침이네요" 등으로 연결되는 김수목 시의 반복과 변주는 다양성의 힘을 적극적으로 보여준다.

우리는 과연 죽음이라는 절대적인 순간 앞에서 어떤 선택을 할 수 있고, 또 해야만 하는 것일까. 김수목이 삶의 궁극의 목표를 '사랑'에서 발견했다는 사실은 시인이 로맨티시스트임을 보여준다. 김수목은 '종교'에 무조건적으로 몰입하는 것도 위태롭고 그렇다고 '과학'을 맹신하는 것도 위험하다는 입장을 견지하면서, 무엇보다도 사랑의, 사랑에 의한, 사랑을 위한 시와 삶을 노래하고 있는 것이다. 시인의 앞으로의 행보가 더욱 크고 넓고 깊은 시 세계의 형성으로 연결되기를 충심으로 기원한다.